부정일 시집

멍

멍

부정일 시집

한그루

그냥 시란 것하고 옆에 있던 정도로 봐줬으면 좋겠다
아무나와 닮은 평범한 일상에서 몇몇과
시라는 장르의 한 모퉁이에서 몇 년을 보내다 보니
흔적처럼 흘린 구리 쪼가리 같은 것들을 황송하게도
두 번째 시집으로 엮게 되어 부끄러울 뿐이다

혹 인연이 있어 누군가의 손에 들게 된다면
누군가의 해우소쯤에서라도 잠시 눈이 가는 정도이면
하는 바람이다

2022년 봄
부정일

차
레

제1부

돌집에는
고로쇠
나무가
있다

돌집에는 고로쇠나무가 있다

생의 말년에 연이 닿아 정착한
폭낭 아래 돌집에서
손바닥만 한 마당을 서성이다
볕 좋은 의자에 앉아
지나온 날들 회상하는데
고로쇠나무 잎 하나
굽은 등에 앉아 있다
청단이 고와
단풍나무인 줄 알았던 고로쇠나무는
해 기울고 가을마저 겨울로 가는데
홍단은 보여주지 않고
탈색된 잎사귀만 매달아 한 잎 두 잎
떨어뜨리고 있다

폭낭 아래 돌집에서
내 여생도 하루하루
고로쇠나무 잎처럼 바삭하게 풍장 되어
떨어질 것이다
한때는 나 자신이

오색 단풍나무인 줄 알았던 시절이 있었다

가을이 절정이면

단풍은 산마다 지천인데

청단이 고운 고로쇠나무는

돌집 마당에 있고

내가 좋아하는 노을빛 단풍은

산에 있다

풍장 끝에 내가 가야 할

산에 있다

어찌 알았겠나

하귤나무 꽃들이 피었다 떨어지는 아침
여름처럼 덥다 초겨울처럼 추워진 날
늙은 벌 하나 꿀 한 모금 입에 물고
내가 앉아 있는 원탁에 와서 죽음을 맞이하네
마지막 비행을 내 집 정원까지 멀리도 왔네
무심하게 임종을 보는 내 앞에서
기도인가,
작은 앞발 몇 번 비비고 하늘 향해 눕네

열반 같은 죽음을 보며
요양원에 있다 막차를 타야 하는 생이라면
늙은 벌처럼 정처 없이 홀로 산길 가다
어느 이름 모를 기슭에서
아무 등걸에나 기대어 말없이 가고 싶네
선행 한번 안 한 몸이 야무진 꿈이어라,

예고도 없이 찾아온 추위에 떨어진 꽃처럼
한 치 앞을 모르는 것이 삶인데
오일장 날 버스를 기다리던 순이 이모

삼식이 아저씨 경운기에 짐짝처럼 타고 가다

덜컹덜컹 넘어간 그 고갯길이 마지막인 줄

어찌 알았겠나

쓸쓸한 핑계

칠순 길목 뒤꿈치 싸고 있는 아킬레스에 고장이 나 절룩이며 걷는 날이 많소이다 의사의 노화란 말에 부정하고 싶은 날은 쌀막걸리는 달지 않아서 좋소이다 기간은 짧아도 방부제는 안 넣었으니 하루 한 병 나누어 먹던 둘째 형님도 내가 가면 두 병 넘어 세 병까지 비운 적 있소이다 걸핏하면 무 가져가라고 전화가 오는데 큰형님 작년 돌아가시고 팔순 바라보는 둘째 형님 전화 오면 막내인 내가 달려갈 수밖에 없소이다 제주 바닷바람 맞고 겨울 넘은 월동무는 그냥 먹어도 달아 무 깍두기 하나면 겨울 나는 내가 깍두기 좋아하는 걸 둘째 형님은 아는 거외다 작금에 화가의 삶 살다 췌장암 투병 중인 사촌형님 돌아가시면 따로 있는 작은 아버지 산소도 가족묘지로 옮겨야 하고 동생이랑 이런저런 얘기하며 막걸리를 마시고 싶은 거외다 애들 모두 출가하여 객지에 나가 살고 노인 회관만 오가는 하루하루가 무료해 외로움 타는 거외다 큰형님이 그랬듯 십 년은 더 살아야 할 텐데 전화가 오면 막걸리 사 들고 달려가는 건 나도 그 길을 가야 하기 때문이외다

꿩엿

선불로 간 꿩 값은 냉동 꿩 여섯 상자로 돌아왔다
식당은 접었으니 꿩 요리는 할 수 없고
궁리 끝에 수제 꿩엿을 만들기로 했다
시행착오 겪으며 인정받기가 쉬운 일이 아니다
꿩엿은 기다림의 미학 같은 인고의 산물이어서
뱃사공이 되어 한 방향으로 홍얼거리며
빙빙 저어야 하는 일이다
화공이라면 아궁이 불 조절하며
찹쌀밥과 엿기름을 숙성시켜 짜낸 탁류에서
물의 성분만 뽑아내는 일이다
시나브로 갈색으로 변하는 걸 지켜보며
달콤한 냄새 폴폴 풍기는 일이다

바람이 바지랑대에 걸린 빨래를 기다림의 눈으로 본다

쌈지 비어 달랑거리는 노인이여,
그대 소일거리로
선주문 받고서 만들어도 되는 일이네
용기 채우다 남은 자투리는 아까워 말고 드시게

삐걱거리는 육신 보신하는 거라네

흘러간 뽕짝 들으며 장작불 앞에 앉아 이 겨울,

따숩게 나는 일이네

5월은

표선 바닷가 어둠이 내리자
등댓불 먼 곳 어선들 점과 점으로 불 밝혀 있다
은빛 갈치 낚고 있을 것이다

딸 아들이 마련한 리조트에서 1박 했으니
아침은 꽃을 앞세워
할아버지 쌈지 만지며 식당가로 간다
갈치구이는 세 토막에 삼만 원이라 쓰여 있고
달랑대는 쌈지가 갈치를 주문한다
딸내미 가시 발라 수저에 올리기 바쁘고
꽃들의 계절
할머니는 꽃을 보느라 먹는 둥 마는 둥이다
할아버지는 찬으로 꽁치구이가 있어
젓가락이 꽁치구이 쪽에서만 달각거리고

5월은
꽃을 보던
할아버지와 할머니의 손길이
꽁치구이 쪽에서 잠시 달각거리는 순간 같다

생각이 나더란 말입니다

할아버지와 할머니가 따로 살던 집에는 언제나
차롱에 떡을 넣고 벽에 매달아 두곤 했는데
어쩌다 뜸한 사이 떡은 굳어 돌이 되고
그 돌떡을
쌈지 담배 불씨인 화롯불에 구워 주던 것이
생각이 나더란 말입니다
깃털처럼 흰 수염, 양손 번갈아 쓸어내리면서
고승처럼 머리는 짧게만 해
성내 학교 다니던 내가 한 주 터울로
내려가 깎아드렸던 것도 생각나고
머리카락이라는 것은
무궁화 꽃이 피었습니다처럼
새순이 올라오듯 음밀해서 주말이면
올레길에 나와 있을 것만 같아 내려갈 수밖에

흰머리며 평생
뻐끔거리던 쌈지 담배와 끊지 못한 나의 담배가
닮았던 것처럼 할아버지가 문득
생각이 나더란 말입니다

벗, 그대는 안녕한가

혼자 벽 보며 잠들다 이른 새벽 거울을 보네
거울 속에 흰머리 노인이 나를 보네
어느 길가쯤에서 만났던 사람 같은

싸락눈 오다 그친 마당을 서성이네
창 너머 아내가 티비 보는 거실 몇 번 훔쳐보면서
온기 없는 마당만 서성이네
달랑거리던 불알은 이미 없는 듯 쪼그라들고
아버지 귀두 닮은 작은 흔적 주섬주섬 찾아
후미진 구석 몇 방울 흘리고는
아내 외출에 동동거리던 자 안으로 드네

어디를 가시는지 말하지 않네
언제쯤 오시는지 물어보지 못하네
물어본다는 것이 쓰나미 같은 것이어서
무관심해야 할 노인이 감당 못 할 일이어서
꽃피던 시절은 이미 익숙해진 질병이어서
이제는 다 내려놓고 절망마저 다독일 때
하찮은 외로움이야 공원 어디쯤

사연 많은 사람들 모여 있는 곳에 가면 될 일
벗이여 어쩌다 그대 날 찾아오신다면
봄이 오면 나 그곳에 있겠네

벗, 그대는 안녕한가

술이다

동기들 초저녁에 모였으니 아직도 저녁이다
끝날 무렵
술은 입술에만 젖어 발동 걸기 좋은 시간이다
연극처럼 그즈음 전화는 온다
정한 약속처럼 시 모임 동생께서 전화를 했다
한양관 양꼬치 집으로 오시라 했다
동기들 손 흔들며 가자 딱 맞춰 왔다
달궈진 숯불 꼬치는 구워지고 빈 병 쌓이는데
세상사 안주로 목소리만 커지는데
늙은 가죽도 청춘이더냐
적당히 마시고 오시란 말 엿 사 먹고는
술만 빨다 빌어먹을 청춘인지 낭만인지
술에 절어 일어서는 것이 시인인지
동생도 가버린 거리에서 흔들리는데
하늘을 처다봐도 도시의 하늘은 삭막하여
별 하나 없고 택시 탔는지 한참 걸었는지
돌고 돌다 집 찾아온 게 용할 뿐

차마 속 쓰려도 해장국 달란 소리 못 해

아주 끓을 것처럼 조아리는 동안
끓여 놓은 콩나물국만 망극하게도 구수하네
사나흘 땡볕에 텃밭 풀 뽑네
어쩌다 원탁에 앉아 아내와 차 마시는 저녁
귀신도 곡할, 그럴 때 전화는 온다
보낼 수밖에 없는 스토리 만들고 온다
그것이 술이다

그 친구가 대세네

172로 알고 있었네

건강검진받을 때

키 재는 막대기가 머리를 내리쳐 169라 알려주기 전에는

세끼 꼬박꼬박 챙겨 먹고 허구한 날 만 보 넘게 걸어도

3이 어디로 사라진 현실에는 기가 막힐 뿐

어쩌겠는가

그래도 오늘처럼 노을이 환장하게 고운 날

영문 모른 채 늙어가는 쪼그라든 인생들을 불러

막걸리라도 한잔하며 위로하고 싶네

이보게 친구

자네 키는 그대로 안녕한가,

눈 깜박하고 보니 사라지지는 않았는가

내 할머니가 아담하게 작았던 모습이 생각나는 건

그 작은 키마저 쪼그라들어 그랬던 것 같아 짠한데

작아진다는 건, 비우는 것

이다음 먼 길 가야 할 때

담고 갈 그릇도 작아 가벼워서 좋겠네

친구여 다 고만고만했던 시절

찬물에 된장 풀어 보리밥 양푼만 박박 긁던

크려야 클 수 없던 시절은 갔네

시방은 커서 외로웠던 친구

사다리 없이 알전구 바꿔 끼우던 멀대

그 친구가 대세네

인연도 긴 세월 앞에 부질없어

빼빼로 데이라는 열하루, 팔십 난 옥금이 누님이
파크골프 치러 회천 구장에 왔네
초이튿날 동갑 영감 먼 길 보내고 벌써 맘
추슬러 평소처럼 곱게 차려입고 공 치러 왔네
있는 듯 없는 무심한 빈자리
오래 산 날들에 묻혀 사소한 일은 아니었지만
공 치러 왔네

폐암으로 먼 길 떠난 영감이야
교장으로 퇴직한 몸이었으니 애들 데리고
뭍으로 수학여행 떠난 것만 같고
안부를 묻는 빈말들이 더 야속한 오늘 같은 날은
일부러 부침개라도 부쳐야 할 것 같은데
한때는 영감의 퇴근을 기다리며 저녁을 준비할 때
분홍 빛깔 떨림 같은 것도 가물가물하니
가야 하는 길, 나 두고 여행 가듯 떠난 사람
인연도 오래 산 세월 앞에 부질없으리

운동 삼아 매일 치던 파크골프는 두 달 넘겨 왔으니

공이란 것이 아무리 둥글다 해도 공, 그것이
간밤에 돌아눕던 쪽으로만 굴러 생각처럼 안 되네
금이 누님이
나갈 대회는 닷새 후로 다가오는데
그것도 모르고 뭍으로 수학여행 떠난 사람은
빈 왕릉 보다가 불국사 지나 석굴암으로 합장하며
오르는 중인 듯,
누님 이마에는 땀만 송송하네

어느 노인의 예감

할멈, 당신이 팔순 넘겨 오라는 당부 때문에
빈자리 옆에 누워 자고 일어나기가 지루했는데
팔순은 아직도 일 년이나 남았는데
할멈 죽고 이 년이던가
하나 남은 막살이를 아들에게 증여할 땐
나, 먼 길 갈 때까지 막살이에서
할멈이 두고 간 것들 만지다가
어느 날 조용히 따라가리라 생각했었네
객지 나간 아들이 살다가 어려워 빌린 빚이
팔아 간 돌랭이로는 모자라
막살이마저 비워줘야 하네
어디로 가야 하나, 갈 곳이야 이 넓은 세상
밤이슬 피할 문간방쯤은 있겠지만
채권자 양반이 오는 봄까지 기한은 줬으니
할멈, 그나마 올겨울은 걱정이 없네
아들놈이야 다시 일어설 테니 걱정 마오
잘난 자식에게도 어려운 시기는 있는 법
한때는
할멈과 나도 힘든 고비 넘기며 살았잖소

수중에 있는 몇 푼은 손자에게 주고 가리다
아이들 보다가 오라는 부탁은 여기까지요
지루하고 외롭던 날들 보내다 어느
꽃피는 봄에 당신을 볼 수 있다는 예감으로
나, 이제 조금도 외롭지 않아요

꽃구경

우리 형님이 가야 할 요양병원은 산 중턱에 있어
앰뷸런스는 벚꽃 핀 길 따라 산으로 간다
종합병원서 열흘 남짓 포도당 수액 달고
요양병원 가는데 어디로 가느냐고 묻고 물어
더 좋은 병원으로 간다 하자 기저귀 찬 몸이
고개 돌려 눈 감는다
평생 함께한 아내는 벽 잡고라도 버티지만
늙은 남편 돌볼 여력은 안 되는걸
외지로 출가한 아들 둘 딸 넷이 어쩌라고
앞가림하면 됐지 얼마나 더 잘하라고
빽하면 아들 며느리 비행기 타서 오게 하고
한때는
백수의 왕처럼 무소불위로 집안의 중심이었다고 해서
차마 고려장 할 나이에 똥 수발까지 시키지는 못해
하루 이틀 몇 수저 뜨다 말더니 결국
119 부르고 응급실로 가더이다
자니윤처럼 스타의 삶도 한순간
비루한 몰골로 누워만 있는 것도 싫다
이곳은 막차 기다리는 사람들만 모여 있는 터미널

최후에는 누구나 아들놈 등에 업혀 여기로 온다
이 봄마저 저물어 막차를 타야 하는 그날이 오면
꽃구경 잘했노라 하고 장사익의 노래 꽃구경, 한 소절
흥얼거리며 가야 한다

막차는 오는데

하필 전염병으로 나라 안팎이 어수선할 때
벚꽃 흐드러지게 핀 길 따라 간 요양병원은
잠시 몸 추스를 동안 머물 곳인 줄 알았네
애들 한번 못 보고 요양병원에 누워만 있다가
꿈인 듯 순간에 찾아온 막차에 올라 도착한 곳
아버지 어머니 할아버지 할머니가 잠든 가족묘지
한 자리를 택해 누우니 애들이 곡을 하네
손자는 훌쩍이고 아내는 멍하니 보네
어릴 적 병치레로 애먹인 셋째 딸이 슬프게 우네

누구에게나 결국 막차는 오는데
팔십 중반 이미 볼 장 다 보았는데
무슨 미련이 남아 더 보려고 하겠는가
아내여 먼저 와 자리 잡고 있으니 조금 있다 오시게

덜컹거리며 장의업체 포클레인이 가네
모두가 모여 차례로 막잔 올리며 절을 하네
봉긋봉긋 봉분들 팔 벌려 나란히 선 가족묘지에 나
홀로 두고 늙은 아내와 애들 모두 가네

이제 이승의 연 끊겨, 밤이 오면

말석에 서서 문안 인사 올려야 하네

소곰바치야 소곰바치야

이디저디 살단 아이덜 시집 장게 보낸 후제사
거로 안팎거리에 마당 이신디 산 오 년 넘게
사는 늠이 누겐고 ᄒᆞ민 종달리 소곰바친디
입에 ᄇᆞ린 ᄉᆞ리로 ᄌᆞ디 살암젠 ᄀᆞ라도
ᄌᆞ애 ᄀᆞ질 때 ᄀᆞ향 강 살당 죽어시민 ᄒᆞ곡
어멍 아방산도 ᄀᆞ향에 잇곡
가멍오멍 들염쭈마는 성애 안 차곡
ᄀᆞ향 가민 성님 아시 삼춘 다 아는 ᄉᆞ름
거로엔 옆집 빼불민 밸ᄀᆞ 아는 ᄉᆞ름 ᄃᆞ 읏곡
성안 ᄌᆞ곳디주마는 살ᄀᆞ팡 사는 게 아니우다
시방 권한이랜 헌 것도 예펜안티 잇은 시상
야가지 꼭줄 세운 예펜 눈치 안 볼 수도 읏곡
예펜이 ᄆᆞ심냥 ᄒᆞ랜 허급을 헤사 뒈는 건디
동새백이 사라봉 벨도봉 올라 댕기멍 ᄌᆞ르지곡
ᄋᆞ랜 ᄒᆞ디 어서도 요기ᄌᆞ기 나먹으멍 ᄌᆞ르지곡
쎈 ᄇᆞ름 불곡 날쎄 우청 비라도 ᄒᆞᆫ 주지 ᄒᆞ는
날은 죽창 ᄀᆞᄂᆞ리 치멍 ᄌᆞ르지곡
멧 ᄉᆞᆯ ᄭᆞ지 살아 ᄇᆞ젠 죽을동 살동 헴신지
ᄀᆞ향 가는 건 먼 거 닮곡 잊어비어신게

영허당 영 못 가는 거 아닌가
심드롱흔 예펜 ㅂ멍 ㅈ들아 지는디
어떵ㅎ쿠

새벽에 핀 달맞이꽃

이유야 있었겠지
구구절절
상처 준 사실
외면하는 건 못할 일이다

잊을 만하면 저지른 일
돌아보면 빈손
나로 인해 금 간 얼굴
마주 앉아 못 볼 일이다

새벽, 깨기 전
집을 나선 발걸음
옷깃 세우고 망설일 때
달그락 달각 동전 두 닢

재촉하는데 갈 곳은
어디로 가야 하나

사라진다는 것은

왕벚나무 잔가지 태우며
뭔가 태우기를 좋아하는 나는
전생에 숯쟁인지 도가의 화공인지 모른다
부서진 고가구 태우다 오늘도 이웃에게 편잔을 듣는다

참나무 태워 숯을 만들듯
고승의 다비가 한 줌 사리를 만들듯
사라진다는 것은 또 다른 탄생을 의미할 수도 있어
밤하늘에 별이 긴 꼬리를 사선으로 남기며 사라져도
어딘가에선 또 다른 별이 탄생해 영롱하게 빛날지니

소멸은 아름다운 것

폐목이 노무의 언 손 녹이듯
누군가 위해 나 숯이 되리라
칠순 바라보는 나이에 마지막 불꽃 피워 훗날
누군가의 불씨가 될 수 있다면 나
그것으로 족하리라

제2부

공짜는
없다

공짜는 없다

컨테이너에서 자고 일어나 개똥이나 치워주고
밤새 보초를 섰으니 목줄 풀어 뛰놀게 한다
이제 습관이 되어 깨기도 전에
녹슨 철문 두드려 선잠마저 깨운다
어쩌다 늙어가는 벗들과 술잔이나 비우고 온 날
조금은 더 자고 싶은데 쿵하고 텀 주더니 쿵쿵하고
기척 없자 우당탕 결국 손들어
목줄을 풀어줄 수밖에
겨울 찬바람에 꽁꽁 언 홍매화도 한 성깔 하여서
봄은 먼 산 잔설만 봐도 아직인데 잠든 사이
가지마다 꽃망울 터트려
봄 값 먼저 치르는 걸 보아라
스치듯 지나가는 사소한 변화라 해도
변화에는 필연 치러야 할 값 있어
새옹지마인 세상사 그냥 주는
공짜는 없다

자크*

한 세기 건너 찾아온 더위가 연일 온도를 경신하는 칠월
목줄 풀자 문을 나가 마을 한 바퀴 휘~ 순찰을 돈다
국청사 가는 길 건너 빈터,
땅값 오른 그 맹지를 뒷간으로 정했는지
돌아앉아 응가도 보고 가로등 고개 숙인 전봇대마다
한 다리 들고 표시하며 어김없이 집으로 돌아온다
남긴 생선 머리에 한술 뜨고 복숭아 그늘서 헉헉거리다
벌컥벌컥 물 한 사발 비우고는
땡볕 피해 무화과나무 밑으로 옮겨도 보다
어느 날
아랫마을까지 영역을 넓히는가 싶더니
아줌씨에게 잡혔는지 밤이 새도록 돌아오지 못하고
소문에는 마을운동장 소각장 옆에 둘이 있는 걸
봤다는 사람도 있고 말복 전날에는
홀치기 맨 개장수도 저물도록 어슬렁거렸다는데
족보가 없으니 진돗개라고 우기지는 못해도
쥔 양빈 체면을 보나 변견은 아닌 것 같은데
대문 열어놓고
보름 만에 돌아왔던 지난번처럼 오늘인가 하는데

41

담 너머 팽나무 그늘에 앉아 혼수하는 사람들
이구동성으로 누가 된장 발랐을 거여 하지만
달포 넘긴 지금도 밥그릇을 못 치운 채 기다리는 건
삼 년 전 백주 대낮 송아지만 한 아끼다 견,
묻지 마 공격에도 집을 지킨다고
죽음의 문턱에 이른 피투성이를 아내가 죽 떠먹이며
살려낸 한 가닥 아리아리한
연 때문이다

* 네 살 반려견 백구의 이름.

깜보

회천에 가면 파크골프장이 있다
두 달 된 까만 강아지가 목줄을 하고
사무실 밖에서 오가는 어르신에게 꼬리를 흔든다
누님이라 불러달라는 할머니 검정 비닐봉지 들고 와
고기 몇 점 뼈다귀 하나 던져주고 가면
강아지 시선은 누님의 뒷모습만 따라다닌다
검은색이어서 깜봉이라 불리던 강아지는 모두 가고
직원마저 퇴근을 하면 아무도 없는
콘크리트 건물 밖에서 어르신들을 밤새 기다린다
찬밥 챙겨주던 주인은 발령이 나 떠났고
벌판에 홀로 두고 떠났고 허공에는
포기한 권리만 떠도는데 깜봉이는 웅크려 있다
누님이 커피 한잔을 건네며 새 주인을 물색한다
우리 집 마당을 닮은 1번 홀컵은 사무실 앞에 있어
다가가고 싶은 마음과 목줄 당겨진 슬픈 시선에
공은 홀컵을 자꾸만 빗나간다

기르던 자크를 잃고 나서 아내는 강아지를 멀리한다
소문이 돌기 전에 회천 가

깜봉이를 데려와 버렸다

아내가 뒷걸음치자 따라가며 꼬리를 흔든다

아내가 갑인 줄 먼저 알아 납작 조아려 흔든다

마른 멸치를 가져다 주기까기 꽁지 빠지게 흔들어

꼬리의 힘이 힘든 면접을 통과하는 순간이다

잡동사니 넣었던 자크의 집이 비워지고

이름마저 깜보의 집이라 바꿔 주었다

흑진주처럼 반짝이는 블랙 독,

깜보는 이제 우리 가족이다

틈

블랙 레트리버*가 아니어도

영국의 어느 백작의 사냥터에서 날렵하게 여우를 몰던

그놈 같기도 한 검둥이

밤새 묶여 있으니 꼬리가 먼저 반응을 한다

아침에 내가 마당에 나서면

꽁지 빠지게 돌려대는데 풀어줄 수밖에

잔디에서 뒹굴던 검둥이가 어쩌다

열려 있는 대문 밖을 살짝 맛본 후로

이따금 들려오는 개 짖는 소리 늘어진 귀가 움찔하고

사냥견의 검은 눈이 이웃집 담장의 경계에서

나일론 줄의 허술한 틈을 찾아내고 말았다

엮인 그걸 뚫으면 미지의 세계

한눈파는 사이 땡볕 마다하지 않고 어금니 질겅거리다

내 시선이 빈틈을 끈질기게 기다린다

생각해보니 짝을 찾아야 할 때가 되었나 봐

아랫도리가 땡땡해져 멜룩멜룩 빨갛게 나오는데

발정을 강제할 권리는 누구에게도 없으나

길 가는 아이에게 꼬리 치며 달려든 죄, 있어

뜨거운 태양 아래 너덜너덜 축 늘어진

나일론 줄 걷어 내고 와이어 줄 팽팽하게 틈을 엮는

마음 한구석이 짠하다

* 사냥개의 한 종(영국).

외로움에는 트라우마가 있다

집 나간 자크와 깜보 어디서 누구랑 살까 가뭇없다
서운한 마음 깊어 다시는 안 키우리라 다짐했는데
옆집 고양이 담 넘어와 난장판이다
길 건너 강아지는 그냥 고와서 눈이 가는데
꼬리 치는 앞집 강아지 오다가다 눈이 가는데
앞집 아저씨 지인이 비글 강아지 준다는 얘기에
아저씨 졸라 비타 한 박스 들고서 간다
꼬리 하나로 존재를 확인해주던 날에 대한 갈증이
다짐을 넘어 비글에게 저만치나 맘이 앞서 간다

다섯 마리 바글대는 소굴 같은 곳
야위어 눈이 슬픈 강아지 슬쩍 나를 보는데
입양 기다리는 아이처럼 어쩐지 슬픈 눈망울
촐랑대는 형아 뒤에 숨어 나를 보는데
골라 가란 말에 그 슬픈 눈을 데려올 수밖에
비타 한 박스가 미안했던 터라 비타라고 불러주는데
낯선 환경, 두려움에 슬피 운다
모두 잠들어 평온한 밤 우~ 길게 울어
옆에서 어르고 달래다 날은 밝아

울면 안 되는 세상, 기어이 돌려보내라고 한다
겨우 하룻밤, 파양하듯 차마 그렇게 보내지 못해
개집 옆 컨테이너 나만의 공간을 만들어 자려 한다

비타는 외로움에 트라우마 있는가 봐
외등 아래 나로 인해 울지 않는 조용한 밤
유난히 아름다운 밤이다 그래도
비타는 오 일째 곁을 주지 않고

봄을 기다리는

건설현장 같은 컨테이너에서 밤을 보내고
비타의 노크 소리 일어나는 아침이다
믹스커피 한잔과 설산에서 불어온 바람
문밖 유리 원탁 둘레 함께 머물다
웅크렸던 노숙이 한술 해장 찾아 거동할 때
목줄 풀어준 비타도 따라 탁발 나서고
된장국과 김치로 밥 한 그릇 비우는 사이
아직도 아내는 안방에서 취침 중이다
서로 의지하는 반려견은 비타뿐이어서
눈 오는 날 고무 물통 같은 움막, 추위에 웅크려도
아무에게나 꼬리만은 쉬 흔들지 않아
변치 않는 나의 동반자임을 확인해 주는데

거짓말이 판치는 세상 개만 못한 인간들
끈 떨어지면 뒤도 안 보고 떠날 인간 득실거려도
컨테이너에서 비타와 함께 웅크림으로
꽃 피는 봄 기다리는 하루하루가 있다

에스키모 이글루처럼 꽁꽁 언 컨테이너 생활이란

홍등 밝히듯 봄의 초입에 하나둘 핀
매화 꽃망울 기다리는 것이 아니다
옆집 경계에 늙은 복숭아나무가 매년 터트리는
복사꽃 만개를 기다리는 것도 아니다
오직 한줄기 햇빛이 주는 따스한 온기를
길 잃은 낙타가 오아시스 찾아가는 일편단심으로
웅크린 몸이 간절하게
기다리는 것이다

이누와 비타*

개집 옆 컨테이너 사무실 자며 동거한 지 두 달
외로움과 낯선 환경으로 여우처럼 울던 측은함이
나 여기 머물게 했지만 저녁마다 돌아오는 건
말뚝에 묶인 비타의 간절한 기다림 때문이다
동지 끝에 설산에서 불어오는 바람이 찬데
녹슨 철문 바라보며 발소리를 듣고 있겠다
검정 비닐봉지 들고 정류소에 서 있는 손 시리고
달랑거리는 봉지에 뼈다귀 몇 개 시린 손이
그걸 움켜쥐고 있다

일본 영화 이누
주인이 타고 간 열차를 관에 누워 돌아온 줄 모르고
하염없이 기다리다 눈 쌓인 역 광장에서
동사하는 개의 생을 본 적 있는데
주인은 돌아온다, 비가 오나 눈이 오나
광장을 맴도는 믿음은 무엇인가
한동안 그 생각에 머물렀던 적 있어

비타는 또 어떤 인연으로 나로 인해 간절한지

남풍 불어올 봄은 아득하여

깔고 앉은 방석 문 없는 비타 집으로 넣어 주지만

싸락눈이 사정없이 뺨 때리는 섣달이 깊어지면

나란 놈은 뒤도 안 보고

냉기 흐르는 컨테이너를 떠날지도 모른다

털 짧은 비타만 남겨 두고

* 비글 종(영국산 토끼몰이 견) 반려견의 이름.

누가 봐도 상전이다

마땅히 오란 곳도 가야 할 곳도 없다
마당에 우두커니 앉아 목줄 한 반려견만 쳐다본다
TV에서 봤던 반려견처럼
앉아 하면 앉고 기다려 하면 기다리는 줄 알았다
착각의 결과는 참담했다
아침마다 목줄 풀어 마당에서 놀게 하고 어간에
삽 들고 똥을 치워야 한다
말뚝에 묶어야 하는 정해진 일상에서
같이 놀자 두 다리 번갈아가며 잡고 늘어지는 걸
멸치 몇 마리 주며 달래도 보고
튕기며 뿌리쳐봐야 바지만 성할 날이 없다
후회한들 지난 일
강아지를 통사정하며 데려왔으니 똥은 내 몫
매일 치워주다 보니 아랫것이라고 여긴다

만남의 장소에서 고개 돌려 먼 산을 볼지언정
애처롭던 눈망울을 외면했어야 했다

사료와 간식으로 쌈짓돈마저 날리며 자초한 처지

어머니가 보셨다면 아이고야 아들아,
개가 상전이구나 기가 막힐 노릇인데
아내와 반려견과 내가 사는 집에서
서열 세 번째로 밀려버린 걸
어찌합니까,
시방 어머니가 사시던 그 세상이 아닙니다
어머니

담쟁이

옆집과 우리 집은 돌담을 경계로 이웃한다
옆집 화장실은 돌담 쪽으로 등 돌려 지어져 있다
실바람만 불어도 배출구는 바람개비처럼 돌고
암모니아 냄새 풍기며 이웃의 전망 흐리게 한다

담 하나 사이로 눈 뜨면 마주하는 관계 속에선
그만한 사정 아무 말 못 하고
페인트나 곱게 칠하면 그냥 쳐다볼 만할 텐데
뒷면이라는 것 돌담과 한 팔쯤 사이를 뒀을 뿐
방치되어 폐허의 몰골로 외눈박이 창 하나
이웃집 마당만 쳐다본다

돌담 밑에 담쟁이 심어 오가며 물 주었다
한 잎 두 잎 자란 것이 살랑이다
지난달 간격마저 뛰어넘어 뒷면 파랗게 하고
한눈파는 사이 배출구 타고 바람개비를 붙잡고 있다

담쟁이란 놈
어쩌다 깻묵 조금 주고 쌀뜨물 서너 번 준 것뿐인데

푸른 벽과 살랑거리는 돌담 만들어

보은하는가 보다

잡풀

작은 마당에 깔아 논 잔디도 깎아만 주면 되는 것이 아니다 뽑고 돌아서서 눈 한번 깜빡이면 다시 어디선가 날아와 솟아나는 잡풀은 인해전술 같아 잔디를 사수하기가 너무나 힘이 들고 민들레며 들꽃처럼 보라색 꽃이 앙증맞은 것은 끈질겨서 뽑다가 포기할 때 누가 그 꽃을 접시꽃이라 알려 주었다 그들이 있을 곳은 어디인가요 어느 시인의 시 속에 그들로 인해 아름다웠던 순간들은 지금도 안녕할 터인데 어쩌다 이 넓은 세상 많은 머물 곳 중에 하필 손바닥만 한 내 집 마당에 와 뽑히는 처지가 되었는지 사뭇 안쓰럽지만 집 앞 길 건너 모퉁이 돌아서면 잡풀 없이 푸른 잔디가 넓은 기와집 마당을 보면서 그 집 아저씨와 아줌마 잡풀과 밀고 밀리는 전쟁 같은 삶과 눈앞에 보이는 아름다움의 배후에는 보이지 않는 땀방울 있었음 알기에 골목길을 터벅대는 동안 뭘 위한 것인지 의문 같은 것이 사소하게나마 들더이다

덫

옛날 집이라 어디엔가 틈이 있다
쥐가 보이더니 어느 공간에 숨어
어미와 새끼들이 번갈아 눈에 띈다
내가 사 온 끈끈이는 몫을 못 해
하루 이틀 기겁하는 아내와 난감한 날
철물점에서 아내는 사각 덫을 사 왔다
멸치로 유인한 이틀,
어미가 덫에 걸렸다
바둥대는 걸
빗물 받아둔 양동이에 넣어 익사시켜
정화조 열고 풍덩 빠뜨리고
하루 터울로 새끼들마저 빠뜨렸다

공기방울 뽀글대는 과정을
보지 말았어야 했다
죽음이란 것이 순간이면서 길어
죽었는가 하면 바둥대고 늘어지기까지
물방울만 손등으로 튀어도 불편한데
덫 들고 생매장시킨 놈도

막걸리 한잔 걸치고 잠자리에 들면

물에 빠져 수장되는 꿈을 꾼다

고무나무

고무나무 우듬지 두 뼘 남짓 목 댕강 날리고
세 잎 달린 모가지 빈 화분에 심어 놓았다
잘린 고무나무를 화분 옆에 놓고 보니 기가 막힐 일이다
이차돈의 피처럼 하얀 피 철철 흘리다 아물 테지만
화가로 그림만 그리다 췌장암으로 3개월 선고받은
사촌형님의 남은 삶처럼
모가지와 몸통을 옆에서 측은지심 봐야 하니
서로가 서로에게 못할 일이다

인간이란 잔인하면서 무지몽매한 면도 있어
하루하루 야위어 가는 형님의 얼굴 보고 온 날
잘라 놓고는 살린다고 화분에 심어 놓고
세 잎 달린 모가지에 물을 주고 있다
형님의 췌장암은 모르핀으로 버티고 있다
방치할 수밖에 없는 나약함만 뼈저리게 느끼는 사이
고무나무는
밋밋한 아랫도리 뿌리내리느라 홀로 분주하고

무지몽매한 인간은 바이러스 하나 해결 못 해 허덕이면서

우주로 여행 간다고 건방 떠는데

빈 우듬지 싹 틔우고 잘려나간 아랫도리 뿌리내리는
고무나무처럼
차라리
병든 장기 도려내 다시 돋게 하는 일에 매진한다면
나 그대 존경의 눈으로 바라보리다

후박나무를 베다

삼사십 평 마당 한가운데 아름드리 후박나무가 있다
원시림처럼 가지는 하늘을 덮어 습한 그늘은
키 작은 식물을 키우지 못했다
온실에서 노란 하귤 달고 마당으로 이사 온 나무는
다 떨어져 열매는 보여주지 않고
삼백 원씩 사다 깐 잔디는 흉내만 낼 뿐
어디선가 날려 온 잡풀만 자랐다

빌려온 기계톱이 윙윙거리고
수십 년 마당을 지켜온 후박나무 정령에 대한 예우인가
아내는 붉은팥과 거친 소금을 뿌렸다
망설임의 끝,
아마존 밀림의 거목을 베듯이 후박나무 벨 때
북국의 빙벽이 무너져 내리는 소리가 들렸다
있을 자리에 있지 못한 이유로
누군가는 영원할 것 같던 철의 밥통에서 낙마하고
후박나무의 잘린 밑동은 볕 쬐는 의자가 되었다

태양은 중천에 머물다 서쪽으로 방향을 틀고

갈색 선글라스 콧등 걸친 아내

빨랫줄에 옷들이 펄럭이는 걸 보다가

노란 열매를 기대하는 마음으로 마당을 걸었다

원 그리며 천천히 걸었다

부추꽃

귀퉁이 텃밭

한 자 넘도록 꽃대 쏘아 올려 하얗게 부추꽃 피었네

메밀꽃처럼 안개꽃처럼 눈부시게 피었네

추석 전날

누님이 다녀갔다는데 텃밭은 휑하니 비어있고

한구석 부추전에 쓸모없어 밑동 잘린 꽃대만

눈처럼 쌓여있네

페트병 높게 잘라 한 줌씩 부추꽃 심어 마당 둘레

하얗게 장식했네

잘린 꽃에도 향기는 있는지 벌들은 날아들어 윙윙거리고

거짓 미끼로 물고기 낚듯 장식한 꽃으로 벌들을 불러냈으니

오시라 청했든 안 청했든 유혹한 죄,

아이에게 빈 젖 물린 할머니마냥 미안한 마음 들어도

오가는 사람 무슨 꽃이냐 물어볼 때

이유도 모른 채 동강 나

구석에 버려졌던 부추꽃이라 차마 말 못 하네

아직은 눈부시게 화려한 꽃병 치울 맘 없으니

그냥 두어 눈이라도 호강하라 바라볼 뿐

어찌하겠는가

빈손

전봇대보다 더 커버린 아름드리 야자나무가 있다
중장비 없이 옮길 수도 없는
몇 해 전 이 집으로 이사 왔을 때 우듬지에 있던 까치집은
태풍 차바가 쓸고 간 밤 마당으로 떨어져 널브러져 있었다
까치는 간 곳 없고 야자나무만 우두커니 서 있는데
몇 년 지난 어느 날
떠났던 까치 부부인가 한참 둘러보다 집을 짓는다
상처가 치유되어 폭풍의 밤마저 잊었는지
까치 부부 들락날락 비지땀 흘리고 있다
분양 현수막은 무이자라고 거리마다 나부끼는데
철탑의 보금자리는 백주에 예고도 없이 철거되어
품었던 새끼마저 길고양이에게 빼앗기고
집 없는 노숙의 서러움만 알아
흔들리는 야자나무에 돌아올 수밖에

이제 조경업자가 사러 온다 해도 팔 수는 없다
어쩌다 부처의 연 같은 연으로
우리 집 야자나무에 빈손으로 와 이웃이 돼 버린
그 사정 유추되는데

먹빛 안개 자욱한 이른 아침

조용히 떨어진 삭정이 물고 오르내리고 있는 것은

미안한 마음 그 때문인가

제3부

멍

멍

첫 시집 내고 오 년 터울 두고 두 번째 시집 준비하며
덜 익은 묵은지 꺼내 놓고 맛보는데 얼굴만 붉어져
사뭇 부끄럽더이다
부끄러운 걸 누구에게 보이려 하는지
덕장에 걸린 명태를 봐도 그냥 걸려있는 듯하지만
딸려온 소금기와 잠시 머문 햇빛이 북풍한설에
얼었다 녹았다 덕장의 과정 거쳐야
속이 누런 황태가 되거늘 나란 놈은
왜 시를 쓰는지 딱히 모르면서 화두 하나
던져 놓고 동안거 하안거 한번 못하고 늙었다 하여
멍하니 먼 산 보고 멍이나 때리는 그런 노인네는
차라리 죽을지언정 싫고 만에 하나
나의 시집에 뱃사람 손등 같은 짠맛과 바람이 흘린
자투리라도 들어있다면 내다 팔지 못해도
누군가에게 멍과 바꾼 이것들이 그나마
해우소쯤 걸터앉아 읽어주길 바라는지
이름없는 시인이라도 문장에 맞는 시어 찾아
생각의 끝 잡고 매달려 본 사람은 안다
타이어 조각으로 무릎 감싸는 고통에도

그들만의 환희 있음을
오늘도 오체투지하고 있을 시인을 떠올려 보는데
뒤돌아보니 멍하니 먼 산 보고 있는 내가
그곳에 있다

시, 라는 고것이

한번 써볼 양으로 마음을 부여잡고 책상머리
앉았다고 쓸 수 있던가요
그것이 꼭 하늘에 떠 있는 조각구름 같아서
잡아보려 한들 쉽게 잡을 수 있던가요

산길 가다 우연히 스친 나그네처럼
하필 그 시간에 연 닿아 만난 인연처럼
그렇게
부지불식간 풀린 실타래처럼 오더이다

시, 라는 고것이

머리에 띠 두르고 시험 준비하듯 밤새 끙끙
앓아본들 쓸 수 있던가요
고것이 꼭 시집간 방앗간 집 순이 같아서
손 한번 못 잡은 첫사랑 같아서

어쩌다 꿈에서 만난 방앗간 집 순이 곱다고
꿈이어도 첫사랑, 살며시 잡은 손처럼

콩닥거리며 늙은이에게도 수줍어

은근슬쩍 오더이다

거미

문밖 가로등은 새벽까지 마당에 와서 놀고
희미한 불빛 아래 소나무 분재
가지와 가지 사이 손바닥만 한 텃밭 만들어
작은 거미
청진기 대듯 발 살짝 걸치고 이슬 젖은 채
귀퉁이에서 떨림을 기다린다

생을 위해 기다려야 하는 것이 삶이라면
생을 위해 가야만 하는 삶도 있다

연어를 기다리는 알래스카의 불곰과
세렝게티의 대평원에서 케냐의 푸른 초원을 찾아
가야만 하는 누에게는
탁류 속에서 검은 낙화를 기다리는 악어의 길목을
건너야 하는 삶 또한 피할 수 없는 숙명이어서
꿈이어도 울컥하여라

여명의 끝 가로등마저 꺼져버린 순간
미세하게 발끝에 닿는 편지 같은 작은 떨림이 있어

이따금 새소리 들려올 뿐 주변은 고요한데
웅크렸던 검은콩만 한 것이 꿈틀하더니
투명한 텃밭 중심에서 오는 진동을 따라
한 발 한 발 한곳만 응시하며 움직인다

그곳에는 공양미 같은 모기 하나 걸려 있다
이승과 저승 사이쯤인가 끈끈한 줄에 붙어
허우적거리고 있다

금빛 물고기 서쪽 하늘로 사라지다

어항 속에서 유영하는 별 같은 것들
그냥 놔두지 못한 것이 죄라면
환란도 모른 채 연못에다 가두었다는 것이네
흩어진 비늘로 유린의 현장을 증언할 뿐
백로가 서쪽으로 날아갔다는 말에 허공에다
방아쇠를 당길 수는 없었네
별들은 사라졌는데 남아있는 별 하나 총총걸음만
지난밤의 기억을 삭이고 있네
생은 미완에서 출발하는 미로 같은 것이어서
작은 소홀함이 불행의 씨가 되기도 하네
삶은 카멜레온처럼 온몸으로 절박해야
굶주림과의 싸움에서 살아남을 수 있듯이
철모에 꽂혀 있는 솔가지와 풀잎처럼
물레방앗간 그날 밤처럼 은밀해야
부레옥잠을 풀어놓고 그 아래 있어도 없는 듯
별들의 소곤거림을 들을 수 있다네
별들은 치유되지 않은 상처의 배후에서
다른 탄생으로 이 밤도 수없이 윤회하며
영롱하게 빛날지니

외로움은 그대의 허공 한 귀퉁이 머문 듯해도
새벽이 다가오면 풀잎에 맺힌 이슬처럼
새 인연 속으로 사라져 간다네

감자

몇 년 만에 고향 찾은 날

친구가
쇠불알만 한 열매가 주렁주렁 달리길 소원했던 감자는
태풍에 밭고랑 사이로 쓸려 보내고
빈 밭 경운기 털털거리며
무를 심고 있다

담배 한 모금 허공으로 날려 보내고
올해 살아남은 감자 값은 좋을 거라며 빈 밭을 본다
작년처럼 눈이나 많이 내리면
오늘 심은 무 값도 괜찮을 거라고 한다

고맙다는 말 한마디로 보내준 감자랑 무
받아 먹기만 했지
쪘을 때 하얗게 터지는 감자 속살이
무심코 산에 갔다 주워온 밤알처럼
그냥 밭에서 쓸어 담아온 줄 알았다

뙤약볕에 검게 타다 밭고랑처럼 갈라진 주름진 얼굴

염치없던 놈이

이제야 본다

대파

해성 아파트 앞, 일도 정육점
주인장 P씨는 서예를 배우는 중이다
손님이 없는 오후
구석 작업대에서 붓 들고 난을 치고 있다
P씨의 난은 아무리 봐도 대파를 닮았다
유심히 보면, 볼수록 대파를 닮았다
흑돼지 목살 서 근만 달라 해도 덤으로
대파 한 봉지를 꼭 챙겨 준다

시골 사는 팔순의 P씨 노모 텃밭에는
대파가 한창이다
노모는 해마다 텃밭에 대파를 심고
아들은 화선지에서 대파를
그리는 중이다

미수동

통영에 가면
해저 터널 지나 외진 바닷가에 미수동이 있다
고향을 떠나 온 해녀들이 눌러살며 명절날 옹기종기 모여
고향 이야기하는 제주 해녀들의 집성촌

그곳에 가면 오십 년 전에 터를 일군
내 이종사촌 누님이 있다
어린 딸 빼앗기고 20대 초반에 내쳐져 떠나 온 미수동에서
비가 오나 눈이 오나 바다로 가던 여인
온갖 사연으로 찾아온 제주 해녀들에게
길잡이가 되어주던 여인

막살이 하나는 장만했지만 날이 갈수록 바닷일 힘에 부쳐
해녀가 잡아온 전복 소라 멍게로 시작한 작은 횟집이
팔 걱정 덜어 주고 통영 사람 다 아는 제주횟집이 되어
찾아온 딸에게 물려줄 수 있어 한시름 놓았겠다
뇌선 약에 의존했던 수많은 날들
늙은 몸은 병들어 부은 얼굴에 걸음마저 부실한데

지미 오름 공동묘지에서 고향 우도를 바라보고 있을 엄마,
병든 엄마와 종달리 둘째 이모라고 찾아와 같이 살았던
시절
잊지 않고 매년 보내준 생굴을 먹으며 짐작하건대

통영에는 자리 잡은 미수동 해녀들이 있어
오가며 챙길 것 같아 삶이 후회는 없겠다
제주 해녀 삶이 고향 부모형제에게 돈이나 부쳐주고
고향 한번 못 오고 살다 보니 이제
고향이 돼버린 곳, 통영의 미수동

누님이여 당신이 곧 미수동입니다

아무르 강변을 걷다가 깨곤 한다

흑룡강성에서 조선족 아낙이 제주에 왔네
엄마와 아들딸 함께 왔네
어쩌다 우리 집 밖거리에 세 들어 살게 되어
아낙은 새벽에 나가 저녁까지 알바를 하고
아침에 퇴근한 할머니 손자 손녀 어린이집 보내고
빨래 널어놓고는 노루잠을 자다가 야근하러 가네
정류소가 멀어 간병인 할머니 한참을 걸어가네
검둥이가 보고 있는 빈집에
아낙의 퇴근보다 어린이집 차가 먼저 오는 날
주인집이란 이유로 애들을 마중하네
할아버지 태어난 나라에서 꿈에 그리던 삶을 사네
할아버지 무덤을 이국땅에 두고
같이 고국으로 건너온 아비는 돌아가고
하루하루 무심한 날들이 가네
애들만 보면 행복한데 아직도 불안한 마음
비 오는 밤이면 혹한의 아무르 강변,
아비 손잡고 걷다가 하얼빈 역쯤에서
빗소리 때문인지 요의 때문인지
깨곤 하네

거시기한 날 1

옆집이다, 문화공간이라고
도시면서 농촌 같은 거로라는 마을에 있다
문화공간이 거로에서는 팔방미인이어서
길고양이 돌보고 떼거리가 된들
동네 사람들이야 구시렁거릴 뿐
옆집 마당에 와서 똥을 싼들 강 건너 불이어서
전라도 말을 빌리면 많이 거시기하다

매일 아침 밟을까 조심조심 똥 치우고
떨어진 야자나무 긴 잎사귀나 잡풀을 태우던 일상은
누군가의 신고로 사이렌 소리 울리며 소방차가 오고
연기 피운 죄, 진술서에 서명해야 한다
지난겨울 분양 끝낸 아파트 창들은
마당에서 일어나는 사소한 일까지 감시하고
낙엽을 태우던 낭만은 서명하는 순간
물 건너갔다
거로는 이제 농촌이 아니다

도시면서 농촌 같아 정착한 지 십 년,

처음으로 서운한 마음 썰물 같아 떠날 때가 되었는지

여러 생각들이 엉키어 떠오르는 정말

거시기한 날이다

거시기한 날 2

복사꽃 화사하게 핀 날이
만삭인 어미가
슬레이트 지붕 속에 새끼를 낳고
슬픈 눈으로 찾아온 날이다
던져준 생선 쪼가리를 물고 나르던 날이다

복숭아가 말랑하게 익어 가는 날은
젖 불은 어미가
새끼 여섯 마리나 데려와서 멸치 한 줌 얻어먹고
잔디마당을 무대로 광대처럼 놀던 날이다
어미의 눈, 안과 밖이 평화이다

다만
평화라는 것이 놀다가 조용히 가야 한다는
모종의 사연 같은 판례라는 것이 있어
외출했다 돌아와 보니
난 화분을 깨 놓고는 조용히 그냥 갔다

판례라는 것도 엄중하여 평화롭던 관계는 깨졌고

깨어진 평화는 부처의 자비로도 어쩔 수 없는

설산에서 불어오는 바람 같아서

이제는 고양이들의 월담을 막아야 하는

정말 거시기한 날이다

거로, 벽화를 보며

땡볕에 긴 차양 모자 눌러쓰고 땀 흘린
화가들의 붓질과 손 저렸을 순간을 생각한다
누군가는 그냥 스쳐 지나가고
또 누군가는 가던 길 멈추어 벽화에 그려진 옛 모습에서
팽나무 그늘 아래 장기를 두고 있는 노인과
빨래하는 아낙네와 떡 감던 아이들을 떠올려보리라

우리네 삶이라는 것이 벽과 벽이 안팎에서
영원히 관계하며 과거에서 미래로 이어지기에

국청사 가는 길목에서 마을회관 쪽으로
한 걸음 한 걸음 걷다가 금 간 시멘트 담벽 앞에 서서
내 삶의 어느 행간에서 변신할 그날을 상상하는데
동피랑, 서피랑 통영 벽화 마을이 문득 생각나
많은 사람들이 찾는 명소라 할지라도
귀퉁이 작은 담벽, 누군가의 붓질에서 시작했을 터

거로 당충대* 지나 미로 같은 길을 터벅이다
집으로 돌아오는 걸음이 가볍다

* 거로남6길에 있는 오래된 팽나무 쉼터.

해몽해주세요

파크골프를 가르치고 있었다
어디선가 한 번도 본 적이 없는 두 사람에게
서 있는 사람이 보이고
한 사람은 공 놓고 홀을 향해 퍼팅을 했다
기울기까지 보면서 공은 멀리 튕겨 나갔다
너무 세게 쳤다고 핀잔을 주는데도
멀뚱멀뚱 서 있을 뿐 말이 없었다

간이 구장을 혼자서 만들고 있었다
홀을 만들고 깃대도 세웠다
시범으로 채 들고 퍼팅라인에 섰는데
둘은 홀 주변에 서 있다
내가 친 공은
홀을 살짝 스치더니 더 멀리 굴러가고 말았다
핀잔이 마음 한구석에 걸린 거다
둘이 웃는 것만 같았다
사실 웃지 않았거든
이런 꿈 꾼 적 있나요

고향, 제주라고 못 하겠습니다

양육비 보내주는 아비가 아이를 보여달랬습니다
이브의 혓바닥이 아담을 유혹하듯
보여주겠다는 한마디에 아비는 한걸음에 달려갔습니다
선한 얼굴 한 여인이 그래도 아이 아빠를
어느 무인 펜션으로 오라 하여
치밀하게 준비한 방법으로 독살했습니다

그 여인이
쓰레기봉투에 무언가 담아 버리는 모습이
cctv에 잡혔습니다
순진한 제주 여인이
이럴 수는 없습니다 해가 서쪽에서 뜬다 해도

바다에 간 남편 기다리다 돌이 된 여인은 아니더라도
일 가는 남편 위해 아침 짓는 그런 여인은
다 어디 가고
아이 보는 늙은 부부만 있으니
이게 제대로 흘러가는 나라이겠습니까
하늘 올려다보기가 부끄러운 곳

병든 사람들 어찌하면 좋겠습니까

날벼락이라도 펑펑 때려주셔야 하지 않겠습니까

고향을 묻는다면 제주라고 답할 수밖에 없는

뚫린 입이 부끄럽습니다

언제나 재앙은 경고네

수많은 별 중에 가장 아름다운 지구라는 별을
선물 받아 그 안에서 살고 있다면
우리는 지구를 무엇보다 정성을 다해
가꾸고 사랑해야 하네

아무렇게나 파괴한다면
태풍과 지진과 쓰나미 같은 재앙으로
우리에게 경고를 보내네
새들을 철망에 가두어서 키우면
조류독감이란 질병으로 우리를 힘들게 하고
벌목으로 아마존 밀림에서 거목이 쿵 하고 쓰러지면
남극의 빙벽도 쩍쩍 금이 가 쿵 하고 무너지네
지구가 온난화로 뜨거워지는 건
밀림을 파괴하지 말라는 경고네

지금까지 우리에게 찾아왔던 수많은 재앙은
지구를 가꾸고 사랑하라는 경고네

들어는 봐야지

좌로 치우친 믿음은 탱자나무 울타리보다 견고해서
정치 이야기는 언제나 톤이 커지는 언쟁으로 흘러
안 하기로 서로 묵인하는 사이
좌 편향 처남은 유튜브만 보고
우 편향 아내는 드라마와 종편만 보네

어느 순간 꼰대라고 낙인찍힌 뒷방 늙은이는
무릎이 쑤시니 비가 올 거야 했다가
예보만 믿는 한마디에 힘없이 물러설 때
주룩주룩 비가 오네
섬 어딘가는 예보처럼 쾌청하겠지만

좌로 치우친 믿음이여 꼰대가 아닌 자여
그대의 왼발과 오른발이 나란히 동행하는 건
한 발로는 먼 길 못 가기 때문이네

현자는 세월을 시위 떠난 화살이라 했네

그대 자다 깨면 꼰대거늘

오른쪽에서 들려오는 검증 필한 사실마저

왼쪽이 아니라는 이유로 왜, 뭐가 두려워

귀를 막나

밥

목구멍이 포도청이라 퍼 담았다

땜질하면서 씹어준 치아도 수고했고
요리저리 섞느라 혓바닥도 수고했고
몽땅 다 받아넘긴 목구멍도 수고했다
주둥이로 들어가 돌고 돌아
똥구멍으로 나오기까지
수고 안 한 것이 없겠지만
허구한 날 공염불을 외웠으니
빈 주둥이로 할 말은 없고
닥치고 함구하려니
갈 길은 남아 어쩌겠는가
한 끼라도 줄일 수밖에

항문

평생 밀고 오므리고 음지에서 자네의 수고가 경건하네

제4부

동백꽃
배지를 달다

동백꽃 배지를 달다

할아버지가 한밤중 찾아온 자 따라
산으로 간 지 70년
아직도 돌아오지 않았네
어이 박씨, 우리랑 가지 애들 자는데
죽창 든 장정들 여차하면 찌를 것만 같아
따라가듯 끌려갔네
할아버지를 폭도라고 했네
따라가거나 끌려가거나 붉은 낙인은
산으로 간 자 폭도라 했네
토벌대는 총 들고 다니고
이 산 저 산 탕탕 총소리에 하얗게 질려
우리 아기 아방은 끌려갔다고 엄동에
엎드려 빌던 할머니마저
다랑쉬 오름 근처 얼핏 봤다는 소문에
맨발로 나가 돌아오지 않았네

연좌제는 또 뭐길래 우리 아버지
하고 싶은 면서기도 못 해서
할아버지 일구던 밭에서 농사만 지었네

4·3을 우리야 청맹과니어서

어딘가의 현실처럼 탄압이었다 짐작할 뿐

그 세월 숨죽여 살았던 한 짊어진 채

아버지도 먼 길 떠났네

선생이 된 나는 동백꽃 배지 달고

출근을 하는데

제주 고사리는 슬프게 피어라

사월 초, 아내와 고사리 꺾으러 갔었어라
검은 오름 지나 다랑쉬 오름 가는 길 옆
누가 다녀간 것 같은 흔적을 따라가다 보니
가시덤불 곳곳에 홀씨로 날아와 피었어라
허리 숙여 꺾다가 한참을 꺾다가
깨진 항아리 흩어진 화전 터 같은
으슥한 먼 곳까지 와 있었어라
아이고머니나 종종걸음 앞세운 숲길에
꿩이 울었어라,

누구를 부르는 통곡인가 이 산 저 산 구슬피 울었어라

사월, 제주 오름마다 피는 고사리는
증언으로 밝혀진 다랑쉬굴의 현장처럼
긴 세월 연기에 질식해서 훈제로 잠들다
백골이 돼서야 잠에서 깬
끌려간 사람들의 무너진 억장처럼 슬프게 피어
제주 오름 어느 골짝마다
숨어야 할 이유마저 모른 채 숨을 수밖에 없던

우리네 사연 같은 것이어서

365개 제주 오름에서 누구나 공손하게 하나하나

허리 숙여 꺾어야 하는 것이어서

봄이 가면 마소들도 외면하는 마른 잡풀로

사그라지는 운명이어서

제주에는 마을마다 사연

폐선이 되어 장비만 챙겨 잠시 왔는데
죽창 든 장정들이 불시에 찾아온 밤
엉겁결에 고팡 구석 빈 항아리 속에 숨었다
여기가 통신사네 집이지
망보라는 소리, 들어오는 발자국 소리,
동네 사람들 소리,
오늘 중으로 떠나라며 뚜껑 열다가
닫은 살려준 자는 갔다 누군가
내 이름을 불렀으니 그가 알 뿐 나는 모른다
땀에 젖은 불안과 순사의 박달나무 몽둥이 곁에서
불똥은 어디로 튈지 모르고
떠나야만 했다
성산항에 내려주고 가족과 풍선은 돌아갔다
낯선 일본으로 가면서
무전기와 잡동사니들 차라리
엿이나 바꿨어야 했다
편지 한 번 보내고는 막노동판 전전하다
병든 몸 되어 마흔셋에 동백꽃처럼 툭 져
유골함에 들어 고향은 돌아왔는데

백주에 벼락을 봤네

성산 지서, 시흥리 사람이 잡혀 와 떨고 있다
짐꾼으로 끌려가 따라다닌 자
이놈아, 불어 어느 놈이 먹을 것을 줬느냐
책상만 탁 쳐도 살려 줍서 할 뿐
좁쌀 두 되 시흥리 구장이 줬다고 말 못 하네
몽둥이로 대갈통을 갈기자 갈옷 오줌에 젖고
생판 더듬던 놈이 종달리 구장이 줬다고 하네
벼락 맞을 놈, 거짓말하네
구장인 아버지가 순사에게 끌려가고
매타작하는데 사람이 아니었네
박달나무 몽둥이마저 피멍 들고
저승을 수없이 갔다 왔네
저승은 아주 가까이 있었네
벼락 맞을 놈이 실토한 저물녘 풀려난 반죽음
할머니 마차 빌려 반송장 싣고 오는 길
여린 숨 보며 초승달 따라오는 십 리가 통곡이었네
깨죽 떠먹인 두 달 눈은 떴지만
죄 없이 맞았노라 말 못 한 세월
할머니 먼 길 떠난 후 십오 년을

동네가 다 아는 욕쟁이, 우리 아버지
버럭버럭 욕만 하다 할머니 따라가셨네
해마다 동백은 붉게 피는데
그래도 사무쳐서 사무쳐서
아버지 봉분 머리 떨어진 채 흥건한데
억장이 무너진 사연 이제 말할 수 있는데
아버지 피멍 든 그 상처
어찌해야 하나요

대장 각시

마을마다
죄 아닌 죄로 아비 어미가 죽거나 끌려가고
면 소재지 대장간 아낙은 끌려간 서방이 죽자
어딘가에 버려진 들녘을 산발 머리로 헤맸던 거다

이미 엉클어진 기억은 아이의 젖은 눈마저 등져
비포장 신작로를 정처 없이 걸었던 거다
휘어진 등성이서 걸어온 길 뒤돌아보다가
무작정 지나가는 마차 꽁무니 따라
모르는 마을 빈 방앗간에 머물었던 거다
누더기 옷 걸치고 수년 볕 따순 곳에 앉아
탁발한 고구마나 식은 밥 한 입 먹곤
방앗간서 밤이슬을 피했던 거다

세월 흘러 강산은 변해서 아들인가 찾아왔는데
따라가지 않았던 거다
거리 두고 멀뚱멀뚱 쳐다보며 울던 사람
일부러 낯선 그 사람,
몰라야 할 사람이었을 거다

삶이 풍비박산 나 정신줄 놓아버린 그해부터
모두 모르는 낯선 사람이었을 거다
대장 각시라고 하던 산발 머리
광녀에게는

성산포 정씨 아줌마

방씨 아저씨는
피난 온 서울에서 서북청년단이 되어
성산포로 건너와 책임자로 위세가 대단했다
피난 온 몸이라 고향은 못 갈 판이어서
어디 정 붙여 타향이라도 만들 판이어서
크게 욕먹을 짓은 안 한 것도 같은데
모르지, 떠도는 풍문을 못 들었으니
성산포 맘에 든 처자 있어 그런 것도 같은데
긴 칼 옆에 차고 순찰 돌던 어느 어스름
고기 몇 근 사 들고 처자네 마당에 들어
말에서 내리니 지레 무서웠을 거야
정씨 부부 맨발로 튀어나왔다
방씨 아저씨 긴 칼 풀어 옆에 놓고
따님을 주십사 조아리고 마당에서
정씨 부부에게 큰절하니 어쩔 줄 몰라한다
구구절절 말 안 해도
공포와 두려움 몸이 먼저 느끼던 시절이었다
성산포 정씨네 고명딸
큰 눈 바로 못 보고 헌칠한 키만 보다

부모님 안심시키고 따라나설 수밖에

종달리에 터를 잡고 살다 보니

세월은 구름에 달 가듯 속절없이 가는데

방씨 아저씨는 걸핏하면 잔술만 홀짝이고

대동강아 부벽루야 불러싸도 듣는 이 없고

정씨 아줌마 새벽부터 빵 만들어 팔아야 했다

다섯 아이들 밭은 없어도 학교는 갈 수 있어

정씨 아줌마 고생한 줄 동네가 아는데

애들 시집 장가가는 사이 머리엔 흰 눈 쌓여

그래도 고왔던 사람

성산포 정씨 아줌마

완장

사건 나고 몇 달 지나 여기저기 소문이 숭숭하던
즈음부터였다

옆 동네 P씨 아저씨는 순사 양반 꼬붕이 되어
완장 차고 모가지는 대나무처럼 빳빳하게 세워선
군화마저 빌려 신고 고발쟁이로
여럿 피멍 들게 했지 조금만 맘에 안 들면 끌려가
치도곤당하니 피할 수밖에
늘 그 세상인 줄 설치다 시국이 끝나자 손가락질에
숨 한번 제대로 못 쉬고 조문객 없이 먼 길 갔지

죽어서도 붉은 동백꽃처럼 피멍 든 응어리는
모두가 침묵하여도 오래도록 한으로 남아

원양어선 타다 돌아온 아들마저 결국 고향 떴지
딸내미들도 외지에 나가 살지만
아버지 이야기를 안 하시
빌어먹을 썩을 놈의 완장이 문제였지
자식들 잘못 아닌 줄 알지

긴 세월 침묵하던 사람도 끌려갔던 사람도
좌익이든 우익이든 완장이 검사고 순사가 판사였던
무지해서 죄이던 세상, 침묵하던 한을 묻고
다 용서하라 하는데
지금도 동백꽃은 붉게 피지

울지 않는 매미

칠 년 땅속 삶 끝내
팽나무 올라 막힌 귀 여니
365개 오름 총소리

어미 통곡은 슬픔이 깊어
이레, 사는 생 차마, 울지 못 해
땅속으로 돌아가네

평화의 섬,

멀어 유배나 보내던 섬에서
유배 온 사람마저 보살폈던 섬에서
크고 작은 저항과 진압이
섬사람들을 불구덩이로 밀어 넣을 줄
꿈이어도 몰랐습니다.
무소불위로, 유린의 날들이 가는 절망 속에
섬의 장정들은 나라의 부름에 말없이
전쟁터로 달려갔습니다
삼 년의 전쟁이 끝나고
산 자들만 고향으로 돌아왔을 때
마을은 불타 없고 뿔뿔이 흩어져
아직도 끝나지 않은 폐허의 난장이었습니다

100년간 몽골의 지배를 건너
일제하의 고통 속에서 저항해 온 제주 섬,
오직 평화만을 원했던
제주 사람들을 보아라
격동의 시절 분단의 아픔 함께 견디며
저항과 진압 사이에서

희생된 수만 영혼들, 아우성을 보아라

아비가 죽고 형이 끌려가

돌아오지 못한 세월,

피멍 든 가슴에도 모두 용서하는

제주, 섬사람들을 보아라

그대들의 가슴에 붉은 동백이 피어있는 한

제주 평화의 섬,

우리, 모두가 지켜야 할 섬으로

동백은 영원히 붉게 피리라

용서하면 안 되나요

그것이 한 갑자도 넘기고 십 년도 더 지났는데
아직도 먹먹해서 쉬 잊을 수 있는 건가요
보지도 듣지도 못한 아이들은 어떤가요
동족끼리 피 흘리며 싸워야 했던 동란처럼
책에서 본 그대로인가요
누구의 잘못 때문인가요

흐르는 시간은 앞으로도 흘러온 것처럼 흐를 터인데

4·3이라는 그것
쉬 잊어도 되는 건가요
아이들 데리고 평화공원은 다녀왔나요
백비는 그대로 백비인데 동백은 붉게 피었던가요
당한 자는 가고 본 자도 가고 나면 들은 자만 남겠네요

용서는
누가 누구를 용서해야 하나요
해마다 나라님이 와 고개는 숙이던가요
눈 감은 자 한 풀어줄 보상은 그나마 충분했나요

교과서 기록에는 진실 그것은 보이던가요

제주 사람들이여
변방에서 수많은 고난을 견디며 살아온 사람들이여
용서하며 평화의 섬을 만들어온 사람들이여
칠 년 칠 개월의 한이라 해도
이제 용서하면 안 되나요

제주 섬, 전체가 동백입니다

제주섬 그 어디 침묵하지 않은 곳 있었습니까
잊을 만큼 시간이 흘러 침묵도 가물합니다
광치기 해변인가요 터진목 동쪽인가요
표선 백사장 기억도 가물합니다

다랑쉬 오름 굴 안에서 들었던 소리,
북촌에서 동복에서 산 자의 통곡이었습니다
선흘 마을이 불타고 집들이 소실될 때
동백동산 동백도 움찔했습니다
불은 모두가 맨발이 되어 뿔뿔이
함덕 가고 대흘 가고 봉개 지나 거로마을 아래
곤을동으로 내려갈 때까지
건너뛰는 자비마저 없었습니다

당한 자는 죽고 본 자도 없어 들은 자만 남았습니다
밤이면 당한 자들은 동백나무 밑에 모여
조근조근 얘기할 것도 같은데
다호 아래 비행장에서 알뜨르까지는
너무 멀어 백조일손도 가물합니다

차마 붉은 동백이 정방을 모르겠습니까
칠 년 칠 개월 동안이었습니다
섬, 어딘들 모르겠습니까
침묵했던 모든 사연들이 불가역적인 일이어서
나라님이 와 고개 숙여 섭한 맘 조금 내려놓는 데
70여 년 흘렀습니다

망나니 칼끝에 떨어져 나간 수만 송이 동백꽃이
뭍 사람 가슴에도 피어났습니다
동백이, 제주 평화의 섬으로 피어났습니다
제주섬, 전체가 동백입니다

/

나의
남은 삶도
지나온
날처럼

나란 놈은 빈껍데기로

평범한 사람으로 살다
평범하게 잊힐 사람인 것은 얼핏 봐도 사실이다

삶에 미련 같은 것은 아무리 평범한 사람이어도
조금은 남아 있는 것이어서
나의 처지가 허락하여
한 십 년쯤 한라산 문학에 머무를 수 있다면
그 길을 가리라 생각한다
시란 장르에 인연이 닿아 보낸 시간들은
세월이 흘러
강산은 변하고 잊힌다 해도 후회는 없다
관계하며 스친 인연들은
지금 이 순간까지 모두 하나같이 소중했기에
나의 남은 삶도 지나온 날처럼
살 수 있길 바랄 뿐이다

시집을 엮으며 제목으로 스치듯 내게 온 것이 멍,

멍을 쓰며 망설임이 없었다

누구나 나이가 들어 늙어갈 때쯤이면

오라는 곳은 줄고

갈 곳 또한 망설여져

어쩌다 보면 집에 머무는 날 많아

볕 좋은 마당 한편에 앉아

멍하니 먼 산이나 보고 있는

뒷방 늙은이 같은 자신을 볼 때가 있다

아니라고 부정할수록 더 초라해질 것만 같아

받아들이는 심정으로

멍을 쓰게 됐음을 밝힌다

부정일

1954년 제주 출생.
2014년 〈시인정신〉 등단.
시집 《허공에 투망하다》.
현 한라산문학회장.

ozoza2004@hanmail.net

멍
부정일 시집

2022년 5월 10일 초판 1쇄 발행

지은이   부정일
펴낸이   김영훈
편집   김지희
디자인   나무늘보
펴낸곳   한그루
            제주특별자치도 제주시 복지로1길 21
            전화 064-723-7580   전송 064-753-7580
            전자우편 onetreebook@daum.net 누리방 onetreebook.com

ISBN 979-11-6867-028-0(03810)

이 책은 제주특별자치도와 제주문화예술재단의 2022년도 제주문화예술지원사업
후원을 받아 발간되었습니다.

값 10,000원